AF357854

1863. Novembre.
16

CATALOGUE

DE

TABLEAUX

DESSINS

GRAVURES & LITHOGRAPHIES

LIVRES

ARMES. MEUBLES D'ATELIER. CURIOSITÉS

DONT LA VENTE AUX ENCHÈRES PUBLIQUES AURA LIEU

Par suite du décès de M. Eugène LEROUX

ARTISTE LITHOGRAPHE

HOTEL DES COMMISSAIRES-PRISEURS

Rue Drouot, nᵒ 5

SALLE Nᵒ 3

LES LUNDI 16 & MARDI 17 NOVEMBRE 1863

A UNE HEURE

Par le ministère de Mᵉ **LALANNE**, Commissaire-Priseur,
rue d'Enghien, 49,
Assisté de M. Francis **PETIT**, Expert, rue de Provence, 43,
Et de M. **LOUTREL**, Expert, rue de l'Abbaye, 35 (Montmartre).

EXPOSITION PUBLIQUE

Le Dimanche 15 Novembre 1863, de midi à cinq heures.

PARIS

RENOU & MAULDE

IMPRIMEURS DE LA COMPAGNIE DES COMMISSAIRES-PRISEURS

Rue de Rivoli, 144.

—

1863

DÉSIGNATION

17 — Bonington (Richard-Parker). Château d'Argyle.
Très-belle épreuve sur chine.

18 — Du même. Lac Lomond. Belle épreuve sur chine.

19 — Du même. Glenfinlas. Sur chine.

20 — Du même. Brackline. Belle épreuve sur papier
blanc.

21 — Du même. Tour des archives à Vernon. Sur chine.

22 — Du même. The escape from Argyle castle. Superbe épreuve sur chine.

23 — Du même. Rue du Gros-Horloge, à Rouen. Papier blanc.

24 — Du même. Maison grande-rue Saint-Pierre à
Caen. Papier teinté.

25 — Du même. Embouchure de la rivière à Caxaera.
Papier blanc.

26 — Du même. Campos sur les bords du Rio d'As-
Valhas. Papier blanc.

27 — Du même. Entrée de la rade de Rio-Janeiro.

28 — Du même. Tombeau de Marguerite de Bourbon.
Sur chine.

29 — Du même. Maison rue Sainte-Véronique, à
Beauvais. Papier teinté.

30 — Du même. Route de Calais-Abbeville. Très-
belle. Grand papier blanc.

31 — Du même. Tour du Gros Horloge. Evreux. Sur
chine.

32 — Du même A duel between Franck and Rasleigh.
Sur chine.

33 — Du même. Les Vendanges. Sur chine, émargée.

34 — Du même. Eglise Saint-Jean. Papier blanc. Mal-
heureusement émargée.

35 — Brebiette (A.). Frises composée de **23** pièces gravées.

36 — Charlet. Le Cuirassier mourant. — Le beau bras. — Dissimulons. — D'après nature, et autres lithographies.

37 — Decamps. Bataille d'Italie. Lith. sur chine. — Bataille d'Aboukir. — Caricatures et autres pièces.

38 — Du même. Paysage. Fusain.

39 — Id. Id. Avec fig. Fusain, attribué.

40 — Delacroix (Eugène). Lion de l'Atlas. — Tigre royal.

41 — Du même. Lion dévorant un Arabe. — Lion dévorant un cheval. Sur chine.

42 — Du même Combat du Giavour. Sur chine.

43 — Du même. La Consultation. (Rare.)

44 — Du même. Hamlet, 7 pièces. — Faust. — Médailles et autres pièces lithographiées.

45 — Dyck (Van) (D'après). Collection de **22** portraits gravés par P. Pontius, Waumans, Vesterman, P. de Jode et Bolswert.

46 — Français. Un Paysage. Peinture.

47 — Géricault (Jean-Louis T. André). Chasseur appuyé sur un cheval.

48 — Du même. Officier d'artillerie. Sur chine.

49 — Id. Id. Id. Vue de dos. Belle épreuve sur chine.

50 — Du même. Chevaux attelés à un tombereau. — Un hangar de maréchal-ferrant. — Le Maquignon. Chevaux promenés au pas.

51 — GÉRICAULT. Cheval de Mecklembourg. —Cheval
égyptien — Cheval anglais. — Cheval espa-
gnol. — Cheval arabe. — Cheval de Hanovre.

52 — Du même. Lara blessé. — Le Giaour.

53 — Du même. Cheval de la plaine de Caen. —
Chevaux flamands. — Chevaux promenés
au pas. — Chevaux d'Auvergne. — Charge
de cuirassiers. — Le Postillon. — Six pièces, papier teinté.

54 — Du même. Lion dévorant un cheval. Epreuve
d'essai, très belle.

55 — Du même. Cheval mort dans la neige. Superbe
épreuve sur papier teinté.

56 — Du même. Chevaux ardennais. Sur chine. 2 épr.

57 — Du même. Jockey sur un cheval noir. —Cheval
franchissant une barrière. — Chevaux en
promenade. 3 pièces au tampon.

58 — Du même. Cheval de charrette, hors des timons.
Sur chine.

59 — Du même. Cheval blanc que l'on ferre. —Cheval ferré dans ses attelages. — Cheval de
plâtrier. —Cheval blanc boiteux.

60 — Du même. Marchand de poisson endormi. —
(Vente Ary Scheffer.) Cheval de course. —
Cheval et son domestique. —Un autre che-
val. 4 pièces à la plume.

61 — Du même. Chevaux de poste buvant à la porte
d'une écurie. — Jeune garçon donnant de
l'avoine à un cheval. — Chevaux se mor-
dant. — Chevaux de course au galop. —
Cheval noir. Cinq pièces.

78 — Du même. La Meute, d'après Lafitte. Dessous de bois, d'après Decamps. Encadrées.

79 — Du même. Plusieurs épreuves de l'histoire de Samson, d'après Decamps, et environ 300 épreuves diverses.

80 — Du même. Enfants à la tortue. Les Cannes vont aux champs.

81 — Leroux (Charles). Paysage, huile.

82 — Lottier (L.) Vue de Caen.

83 — Du même. Vue de Saint-Pierre, à Caen.

84 — Du même. Vue de l'abside de Saint-Pierre.

85 — Du même. Vue prise à Cherbourg.

86 — Du même. Rochers. Marine.

87 — Du même. Vue de Cherbourg.

88 — Du même. Une Plage.

89 — Du même. Une Plage.

90 — Du même. Une trentaine d'études à l'huile, dont quelques-un. encadrées.

91 — Mercury. Les Moissonneurs, eau-forte d'après Léopold Robert. Belle épreuve sur chine avant la lettre.

92 — Millet. Une Bergère. Peinture.

03 — Du même. Un Vanneur. Dessin.

94 — Mouilleron. Un Coin de Jardin, d'après Boodmer.

95 — Du même. L'Autodafé, lithographie d'après Robert Fleury.

96 — Du même. L'Incendie, lithographie d'après Robert Fleury.

97 — Du même. L'École juive, lithographie d'après Robert Fleury.

98 — Du même. Six dans l'atelier de Rembrandt,
d'après Leys.

99 — Du même. Le Singe et l'Ane, et une cinquantaine d'autres lithographies.

100 — Pinelli. Scènes italiennes. 14 pièces. — 2 volumes de gravures.

101 — Piranèse. Vues des monuments de Rome.
19 pièces.

102 — Prud'hon (d'après P. P.) L'Égalité. — La Loi.
— La Liberté. — Le Commerce.

103 — Du même. Aminta, superbe épreuve sur soie.

104 — Du même. Le Génie du Dessin.

105 — Du même. La Mort de Virginie. Avant la lettre.

106 — Du même. La Famille malheureuse, lithographie par lui-même.

107 — Du même. Cérès, et autres pièces.

108 — Raffet. Siége de Rome. Complet.

109 — Du même. Constantine. 22 planches.

110 — Du même. Voyage en Russie. 21 planches.

111 — Du même. Le Bataillon sacré de Waterloo.
Très-belle épreuve sur chine.

112 — Du même. La Revue. Très-belle épreuve sur chine.

113 — Du même. La Fusillade des Polonais. Pièce rare,
émargée.

114 — Rembrandt (Van Ryn). La Mort de Sainte-Anne.

115 — Du même. Les Pèlerins d'Emmaüs.

116 — Du même. La Résurrection de Lazare.

117 — Du même. Rembrandt au Sabre.

118 — Du même. Joseph et Putiphar.

119 — Du même. Martyre de saint Étienne et autres
pièces, d'après lui.

120 — STEPHAN. Frise composée de 11 pièces gravées. Très-belles d'épreuves.

121 — THOMAS. Voyage en Italie. 42 pièces.

122 — VERNET (Carle). Les Voyageurs anglais. — Cheval qui se cabre. — Diverses autres pièces.

123 — VERNET (Horace). Bonaparte en Egypte. — Scènes d'Auvergne. — Scènes de la vie militaire. 3 pièces avant la lettre, sur chine. — La Vie d'un soldat. — Scènes de chasse, avant la lettre ; et autres pièces.

124 — Caricatures, par Daumier, Granville, Decamps, Raffet, Vernet et autres.

MEUBLES, ARMES & OBJETS DIVERS

Un très-beau bahut.
Deux chaises flamandes.
Un petit coffre en bois gravé.
Une hallebarde, plusieurs yatagans.
Trois poignards espagnols, deux indiens.
Un casque.
Une petite statuette égyptienne.
Deux bouteilles et un verre en bohême.
Deux chandeliers en cuivre, époque Louis XIII.
Un grand chevalet et autres petits.

CONDITIONS DE LA VENTE

Elle sera faite au comptant.

Les Acquéreurs paieront, en sus des adjudications, CINQ pour CENT applicables aux frais.

RENOU et MAULDE, Imprimeurs de la Compagnie des Commissaires-Priseurs, rue de Rivoli, 144. 26552

VENTE

DU MERCREDI 18 AVRIL 1894, à 2 h. 1/2

HOTEL DROUOT, SALLE Nº 10

TABLEAUX

ANCIENS ET MODERNES

Aquarelles, Pastels, Dessins

ET

CADRES

EXPOSITION PUBLIQUE

Le Mardi 17 Avril 1894, de 2 h. à 5 h. 1/2

COMMISSAIRE-PRISEUR	EXPERT
Mᵉ LÉON TUAL	**M. FÉLIX GERARD, Fils**
56, rue de la Victoire, 56	7 *bis*, rue Laffitte, 7 *bis*

PARIS — 1894